Puedes consultar nuestro catálogo en
www.picarona.net

LA PROMESA
Texto: *Pnina Bat Zvi* y *Margie Wolfe*
Ilustraciones: *Isabelle Cardinal*

1.ª edición: abril de 2019

Título original: *The Promise*

Traducción: *David Aliaga*
Maquetación: *Montse Martín*
Corrección: *Sara Moreno*

Edita: Picarona, sello infantil de Ediciones Obelisco, S. L.
Collita, 23-25. Pol. Ind. Molí de la Bastida
08191 Rubí - Barcelona
Tel. 93 309 85 25 - Fax 93 309 85 23
E-mail: picarona@picarona.net

ISBN: 978-84-9145-257-7
Depósito Legal: B-5.629-2019

Printed in Spain

Impreso por ANMAN, Gràfiques del Vallès, S. L.
c/ Llobateres, 16-18, Tallers 7 - Nau 10. Polígono Industrial Santiga
08210 - Barberà del Vallès (Barcelona)

La promesa

La historia de dos hermanas prisioneras
en un campo de concentración nazi

Texto: Pnina Bat Zvi *y* Margie Wolfe
Ilustraciones: Isabelle Cardinal

Rachel se despertó de un dulce sueño. Mientras dormía, había sido libre para estar con sus amigos e ir a la escuela. Pero ahora, un gong anunciaba el inicio de un nuevo día en el campo de prisioneros de Auschwitz.

Siempre temerosa de lo que pudiese traer consigo el siguiente instante, Rachel se acercó a su hermana mayor, que dormía en la litera que compartían con otras cuatro chicas.

—Despierta –le susurró a Toby al oído.

—Estoy despierta –murmuró Toby.

Y automáticamente metió su mano en el bolsillo, buscando la cajita de latón. Bien. Las monedas de oro estaban a salvo.

—¿Aún las tienes? –susurró Rachel, mientras se levantaban para afrontar cualquiera que fuese el peligro que el día les deparase.

—Sí. Se lo prometí a mamá.

Toby suspiró al recordar cómo los nazis habían hecho trabajar a Rachel la noche en que se llevaron a todos los judíos adultos de su barrio. Rachel nunca tuvo la oportunidad de despedirse de sus padres. No estaba presente cuando su padre le dio a Toby la cajita de latón y le dijo:

—Es todo lo que tenemos para daros. Hay tres monedas de oro escondidas en esta lata de abrillantador de zapatos. Úsalas sólo si es necesario.

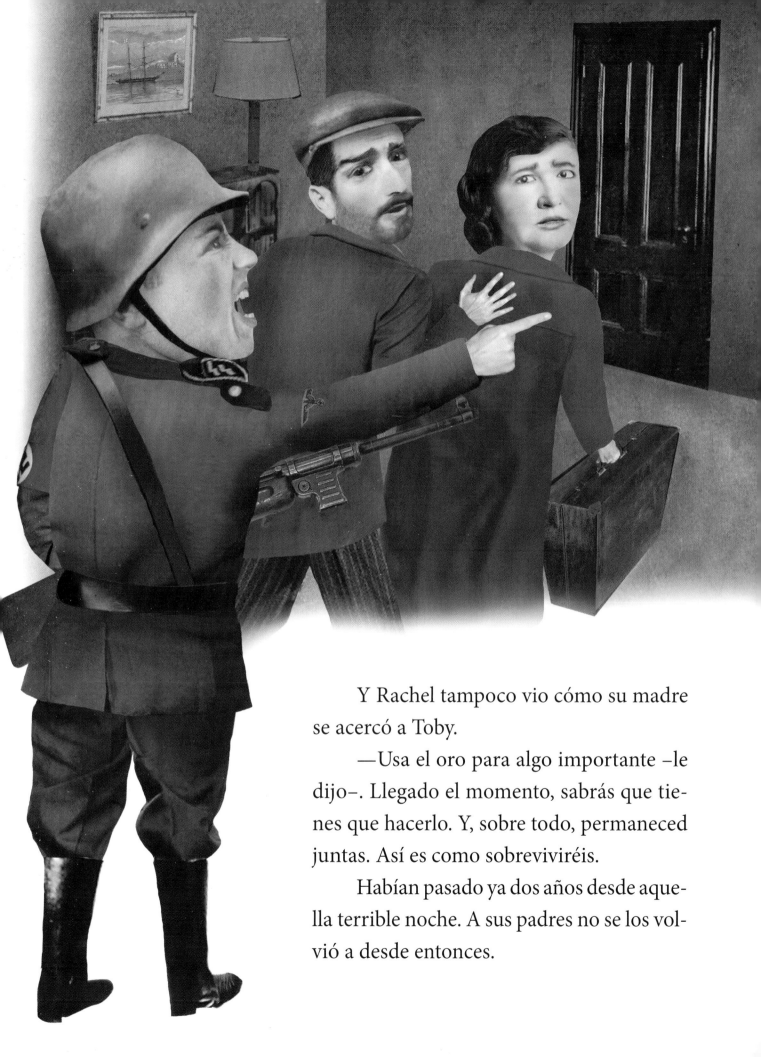

Y Rachel tampoco vio cómo su madre se acercó a Toby.

—Usa el oro para algo importante –le dijo–. Llegado el momento, sabrás que tienes que hacerlo. Y, sobre todo, permaneced juntas. Así es como sobreviviréis.

Habían pasado ya dos años desde aquella terrible noche. A sus padres no se los volvió a desde entonces.

Las dos chicas saltaron de la litera tan pronto como se abrió la puerta del barracón 25.

—¡*Achtung!* ¡Atención! –gritó la guarda nazi–. ¡Al patio, en fila!

El pastor alemán que la acompañaba gruñía, siempre alerta y preparado para abalanzarse sobre cualquiera.

Una vez en el exterior, las chicas daban un paso al frente a medida que una prisionera pronunciaba sus nombres pasando lista.

—¿Sofie?

—¡Presente!

—¿Eva?

—¡Presente!

—¿Lola?

Silencio.

—¿Lola? ¿Lo…?

—¡Táchala de la lista! Se ha ido –dijo la guarda.

Alguien en la fila dejó escapar un gritito y la guarda vociferó:

—¡Deja de gimotear, estúpida!

El día anterior, Lola se había encontrado mal. Se quedó en la cama y no fue a trabajar. Cuando las demás regresaron, había desaparecido, y todas supieron que no volvería. Su amiga, Pessa, lloró hasta quedarse dormida.

«Por favor, no permitas que enfermemos», rezaba Toby mientras observaba a Rachel.

—¡Toby!

El sonido de su nombre hizo que la chica se recobrase de su embelesamiento. Dio un paso al frente.

—¡Presente!

Un día, las prisioneras tuvieron que levantar un muro con pesadas rocas; al día siguiente, las obligaron a desarmarlo, y al otro, a volverlo a construir. Nadie tenía valor suficiente para preguntar qué sentido tenía aquella estupidez.

Toby encontró su propia manera de resistir. Cuando los guardas no la estaban mirando, dejaba de trabajar y los miraba desafiante. Cuando se volvían hacia ella, cargaba rápidamente una roca, como si no hubiese dejado de trabajar. Toby se exponía a que la descubriesen y la castigasen, pero el riesgo merecía la pena.

Eva pensaba que no tenía miedo. Pessa consideraba que era imprudente. Pero Rachel conocía bien a su hermana. Aquel minúsculo acto desafiante era la pequeña victoria de Toby sobre aquellos que se habían llevado a sus padres y su libertad, y las habían convertido en esclavas simplemente porque eran judías.

Un día, los guardas se mostraron más desagradables que de costumbre.

—¡Rápido! ¡No habléis! ¡Más deprisa! –les ordenaba uno de ellos.

Rachel se volvió para asegurarse de que su hermana estaba bien, y casi se le escapó un grito. ¡En mitad del suelo, a la vista de todos, estaba la cajita con las monedas de oro!

¿Qué debía hacer? No podía alcanzar la cajita sin que la viesen. Toby no se había dado cuenta y le pasaba una roca a Eva. Uno de los guardas se estaba acercando junto con su perro. Seguro que el animal la olería.

Tenía que hacer algo. Toby había conservado a salvo las monedas durante dos años. Ahora era su turno.

Rachel fingió tropezarse y dejó caer sobre la lata la enorme piedra que estaba cargando en ese momento.

—¡Niña torpe! ¡Vuelve a trabajar! –le gritó el guarda.

El perro se agazapó.

—¡Lo siento! No volverá a pasar –se disculpó Rachel.

Rachel se agachó para cargar de nuevo con la roca, asegurándose de coger también la cajita.

Cuando el guarda se hubo marchado, Rachel cambió su lugar con Eva para estar más cerca de su hermana.

—¿Estás bien? –le preguntó Toby preocupada.

Rachel asintió.

—Tengo la cajita de abrillantador en mi mano. Tómala.

Toby se palpó el bolsillo. ¡Estaba vacío! Se aseguró de que nadie las estuviera mirando y rápidamente la caja pasó de las manos de Rachel a las suyas. Fingiendo limpiarse las manos con la ropa, devolvió la cajita al lugar en el que debía estar.

Aquella noche, las chicas estaban estiradas en la litera, esperando a huir en sus sueños.

—Hoy me he sentido muy orgullosa de ti –murmuró Toby–. Mamá y papá también lo habrían estado.

Rachel se sintió sorprendida por el elogio.

—No soy tan valiente como tú. Me preocupa no poder mantener nuestra promesa si un soldado nazi intenta separarnos.

Toby sacudió su cabeza.

—No te creas. No soy tan valiente como piensas. Sólo intento parecer más fuerte de lo que soy, y convencerme de que soy valiente. –Toby besó la mejilla de su hermana–. Pero estoy segura de una cosa. Esta locura no puede durar eternamente. Lo que tenemos que hacer es sobrevivir hasta que la guerra acabe. Y ahora descansa, Rachel. Hoy nos has salvado.

La mañana siguiente fue fría y lluviosa. Las prisioneras trabajaron desarmando el muro que habían levantado el día anterior. De regreso al campo, sus dientes castañeteaban. La mayoría entró pronto en calor, pero llegó la noche y Rachel aún tiritaba.

Las chicas intentaron ayudarla. Sofie le dio a Rachel su ración de sopa. Pessa la cubrió con su fina manta. Eva le frotaba las manos, que estaban frías como el hielo. Toby la acurrucó, intentando calmar sus temblores, hasta que se quedó dormida en sus brazos.

Todas recordaban cómo había desaparecido Lola. Rachel necesitaba estar bien por la mañana, cuando pasasen lista. Los nazis no permitían que aquellos que no podían trabajar se quedasen.

Pero, al amanecer, Rachel no había mejorado.

—Me duele todo. Déjame dormir un poquito más –rogó.

—¡No puedes! –exclamó Toby–. Si te levantas, yo haré tu parte del trabajo hoy.

Pero Rachel no podía hacerlo. El hambre y el duro trabajo le estaban pasando factura. Así que cuando pronunciaron su nombre, Toby dio un paso al frente y, tratando de que no le temblase la voz, dijo:

—Mi hermana está constipada. Nada serio. Mañana estará recuperada.

La guarda dio la orden de que tachase el nombre de Rachel al prisionero que pasaba lista. A Toby le flaquearon las rodillas. Suplicó poder quedarse con Rachel a cambio de hacer el doble de trabajo al día siguiente, pero la guarda la ignoró.

Por primera vez desde que habían llegado a Auschwitz, las hermanas fueron separadas.

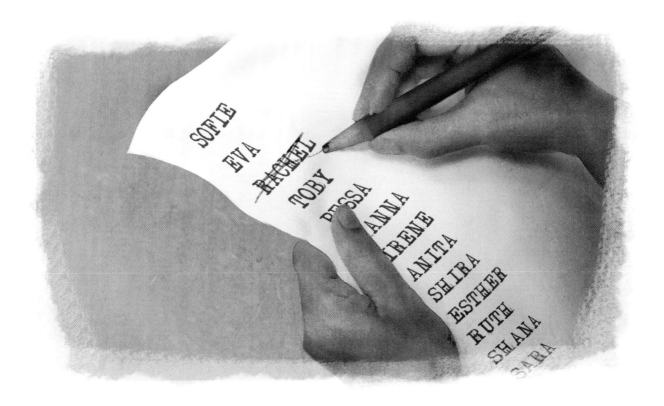

Toby trabajó frenéticamente durante todo el día, sin acordarse de desafiar a los guardas. Estaba tan preocupada que no podía esperar a volver al barracón. Y cuando volvió, tal como temía, su litera estaba vacía.

—¡Se han llevado a Rachel! –gritó–. ¡Tengo que encontrarla antes de que sea demasiado tarde!

—Ya *es* demasiado tarde –le dijo con amabilidad Pessa–. No te metas en problemas, o desaparecerás tú también.

—No se puede hacer nada –dijo Sofie educadamente–. Se ha ido.

—Tú también estás prisionera. ¿Qué podrías hacer? –le preguntó Eva.

Toby escuchaba a las chicas, pero no podía aceptar lo que decían.

—Seguramente tengáis razón –dijo–, pero voy a ir a buscarla. Es mi hermana.

Todas pudieron oír la determinación en su voz.

Un plan había comenzado a formarse en la cabeza de Toby. «Todavía tengo las monedas», pensó.

—Rápido, Eva, préstame tu bufanda. Quizá necesite ocultar la cara de Rachel.

Eva le dio su bufanda, y Pessa hizo lo mismo.

—Es posible que tú también necesites una –le dijo–. Seguramente Rachel esté en el barracón 29. Es donde llevan a los enfermos hasta que...

Eva la interrumpió.

—Ten cuidado. Rachel admiraba tu valentía, pero pensaba que te arriesgabas demasiado. Se preocupaba por ti.

Las lágrimas brotaron de los ojos de Toby. En casa había tratado a Rachel como a un pequeño insecto molesto, siempre siguiéndola a todas partes. Ahora, habría hecho cualquier cosa por salvar a su hermana.

—Rezad por nosotras –dijo.

Cuando atravesó la puerta, pensó que si la atrapaban, sería la última vez que vería a sus amigas.

En el barracón 29, Rachel estaba perdiendo la esperanza.

—Aquí todos estamos en peligro –le susurró a una anciana que estaba junto a ella–. ¿Cree que llegará ayuda?

Observaban a la guarda del barracón escribir una lista mientras paseaba entre las camas de los prisioneros enfermos.

La anciana respondió suavemente.

—No hay ayuda para nadie en Auschwitz. –Pero al darse cuenta de que sus palabras habían asustado a la chiquilla, añadió–: Aunque los milagros ocurren… a veces.

Intentando no llamar la atención de la guarda, Rachel había encontrado un lugar en el que llorar a solas. Imaginó el rostro de su hermana. ¿Sobreviviría Toby sin ella? *Necesitaban* un milagro. Todos los prisioneros de Auschwitz lo necesitaban. Pero el mundo parecía haberse olvidado de ellos.

Jugando con la tierra, Rachel escribió con el dedo las letras que formaban el nombre de su hermana: T-O-B-Y.

Cuando la guarda salió del barracón 29, Toby corrió detrás de un cobertizo. El pastor alemán la vio y empezó a tirar de la correa, pero como la guarda tenía ganas de cenar, hizo que el perro la siguiese y pasó muy cerca de Toby. Ella apoyó la espalda contra la pared. Estaba aterrorizada.

Cuando su corazón empezó a latir más despacio, echó un vistazo. Una prisionera –que esperaba sobrevivir ayudando a los nazis– vigilaba el barracón 29. Toby la reconoció. Quizá tuviese suerte. Se acercó sigilosamente.

—Mi hermana está ahí dentro –susurró–. Déjame entrar.

—Imposible –dijo la guarda entre dientes, mirando a su alrededor.

Toby sabía lo que tenía que hacer.

—Te daré una moneda de oro si me ayudas.

Los ojos de la guarda centellearon ligeramente.

—Es demasiado peligroso.

—*Dos* monedas. ¡Por favor! Sólo nos tenemos la una a la otra.

—¡Entra! –la mujer empujó a Toby al interior.

Toby sacó la cajita del bolsillo y sacó dos monedas. La mujer se las quitó de las manos y frotó el abrillantador hasta que vio relucir el oro. Satisfecha, se las guardó en el bolsillo.

—¡Vamos! –le ordenó.

Toby buscaba febrilmente, pero no encontraba a Rachel, y volvió junto a la guarda.

—¿Ya se han llevado a mi hermana?

La mujer se encogió de hombros.

—Buscaré de nuevo.

—¡No! No me compensa tanto riesgo.

Toby sacó la última moneda.

—¡Ten! –le dijo–. Es todo lo que tengo. No me quedan más.

Toby buscó con más cuidado. Se dio cuenta de que había una puerta y miró al otro lado. Allí estaba su hermana, en una zona vallada tras el barracón.

Toby gritó y corrió a abrazar a Rachel.

—¡Tenemos que irnos! Ven conmigo. ¡Ahora!

Las chicas corrieron hacia la guarda, que las estaba esperando.

—Sed cautas, ¡o nos dispararán a todas! –susurró.

Toby le dio la bufanda de Eva a su hermana.

—Póntela.

Sin aliento, temblando, las dos chicas salieron a las tinieblas.

—¿Cómo has…?

—Shhh –la interrumpió Toby–. ¡Vamos!

En el barracón 25, las chicas las recibieron con abrazos, lágrimas de alegría y montones de preguntas.

—Lo has arriesgado todo por mí –dijo Rachel.

—Eres la pesada de mi hermana pequeña, ¿qué otra cosa se supone que debía hacer?

Rachel sonrió.

—Y tú eres el milagro mandón que necesitaba.

Por una sola noche, las prisioneras del barracón 25 olvidaron su miedo.

Nadie quería pensar en lo que sucedería al amanecer.

Por la mañana, después de que hubiesen pasado lista, todas las chicas habían dado un paso al frente al escuchar su nombre, excepto una. La guarda miró a Rachel asombrada.

—Se supone que no deberías estar aquí. ¿Cómo has regresado? –preguntó.

Fue Toby la que habló.

—Yo la saqué del barracón 29. –La guarda y su perro empezaron a acercarse–. ¡Tenía que hacerlo! ¡Les prometí a mis padres que estaríamos juntas!

—¡Yo tengo la culpa! –dijo Rachel–. Estaba enferma. Mi hermana sólo intentaba protegerme.

La guarda señaló a Toby.

—Sal de la fila y desabróchate el vestido. ¡Contra la pared!

La guarda se agachó, desató la correa del perro y le ordenó que estuviese quieto. Nadie hizo ruido alguno hasta que la guarda comenzó a azotar la espalda de Toby con la correa.

Rachel pidió a gritos que se detuviese, pero la guarda continuó.

Cuando terminó, Toby cayó al suelo y Rachel corrió junto a ella.

La guarda volvió a colocarle la correa al perro.

—He hecho mi trabajo –le dijo a Toby–. Has sido castigada.

Entonces, para asombro de todas, la guarda se giró hacia la prisionera que la acompañaba.

—Vuelve a poner el nombre de Rachel en la lista. Puede quedarse con su hermana.

El aire se llenó de gritos de alivio cuando la guarda se alejó. Toby y Rachel la observaron alejarse con incredulidad. ¿Era posible que el amor que sentían la una por la otra hubiese conmovido el corazón de la guarda nazi? Nunca lo sabrían.

Las cicatrices en la espalda de Toby tardaron en desaparecer. Pero cuando los nazis fueron finalmente derrotados y los prisioneros supervivientes liberados, Rachel y Toby abandonaron el campo agarradas de la mano, llevando consigo una lata de abrillantador para zapatos vacía. Las monedas ya no estaban.

Pero habían mantenido su promesa.

Epílogo

Toby (derecha) y Rachel (izquierda) siguieron siendo devotas hermanas y amigas durante cincuenta años. Incluso cuando la distancia las separó, sus corazones y sus espíritus permanecieron siempre unidos. También perduró su amistad con el resto de chicas del Barracón 25 que lograron sobrevivir.

Las autoras, que son primas hermanas, escribieron esta historia tal como se la contaron sus madres.

Para mis valientes hijos, Michael e Ilay.
–P. B. Z.

A la memoria de mis padres, Toby y Joseph,
y de los abuelos a los que nunca conocí.
–M. W.

A mis padres, Claude y Edyth, y a mi hermana Nathalie,
en agradecimiento al apoyo incondicional y el amor que compartimos.
La familia es la cosa más valiosa en el mundo.
–I. C.

Me gustaría agradecer a mi hermana Bilha sus recuerdos sobre las historias
que nuestra madre y nuestra tía nos contaron durante años en la mesa de la cocina.
También querría agradecer el apoyo de los miembros de nuestra familia, Beni, Yehudi y Nili,
en los momentos en los que pensaba que mis recuerdos se estaban desvaneciendo.
–P. B. Z.

Gracias, Pnina, por darte cuenta de que podríamos honrar
a nuestras madres escribiendo este libro.
Y todo mi amor a mi hermana, Helen, por recordar conmigo.
Ambas sabemos que no podríamos haberlo hecho sin nuestra editora, Kathryn Cole
y el resto de mujeres de Second Story Press (Allie Chenoweth, Emma Rodgers,
Melissa Kaita, Phuong Truong, Ellie Sipila y Natasha Bozorgi).
Las imágenes de Isabelle Cardinal interpretan perfectamente la atmósfera del texto.
También queremos dar las gracias a Martin Baranek,
quien nos describió las rutinas diarias en Auschwitz.
–M. W.